HANSEL & GRETEL

Dona Herweck Rice

Editor
Peter Pulido

Editora asistente
Katie Das

Redactora gerente
Sharon Coan, M.S.Ed.

Gerente Editorial
Gisela Lee, M.A.

Directora Creativa
Lee Aucoin

Gerente/Diseñador de Ilustraciones
Timothy J. Bradley

Ilustrador
Agi Palinay

Editora comercial
Rachelle Cracchiolo, M.S.Ed.

Teacher Created Materials
*5301 Oceanus Drive
Huntington Beach, CA 92649-1030*
http://www.tcmpub.com
ISBN 978-1-4333-1001-0
© *2009 Teacher Created Materials*

Hansel y Gretel

Resumen del cuento

Hansel y Gretel viven en una casita al borde del bosque. Viven con su padre y su madrastra. El padre es muy amable. Pero está fuera de casa con frecuencia. La madrastra es cruel. No quiere molestarse con Hansel y Gretel. Los manda solos al bosque y pronto se pierden. Pero encuentran una casita construida de ricos dulces. No saben que adentro vive una bruja. La bruja los captura. Pero ellos son más inteligentes que la bruja.

¿Podrán escaparse? Lee el cuento y lo sabrás.

Consejos para la representación del teatro del lector

por Aaron Shepard

- No dejes que el guión te cubra la cara. Si no puedes ver al público, necesitas bajar el guión.
- Levanta la vista a menudo. No mires el guión demasiado.
- Habla despacio para que el público entienda las palabras.
- Habla en voz alta para que todos te oigan bien.
- Habla con emoción. Si el personaje está triste, la voz debe expresar tristeza. Si el personaje está sorprendido, la voz debe expresar sorpresa.
- Mantén una buena postura. Mantén quietos tus manos y tus pies.
- Recuerda que aun cuando no hables, eres el personaje que interpretas.
- Narrador, deja que los personajes tengan suficiente tiempo para hablar.

Consejos para la representación del teatro del lector *(cont.)*

- Si se ríe el público, espera hasta que dejen de reírse antes de continuar.
- Si un miembro del público habla, no le prestes atención.
- Si alguien entra en el cuarto, no le prestes atención.
- Si te equivocas, pretende que todo va bien.
- Si se te cae algo, intenta dejarlo en el piso hasta que el público dirija la vista a otro lugar.
- Si a un lector se le olvida leer su parte, trata de hacerlo por él. Inventa algo. Sigue a la siguiente línea. ¡No se lo susurres!
- Si un lector se cae durante la representación, haz como si no hubiera pasado.

Hansel y Gretel

Personajes

Hansel
Gretel
El padre

La madrastra
La bruja
Narrador

Escenario

Este teatro del lector tiene lugar en el bosque. Hansel y Gretel viven en la orilla del bosque. La bruja vive en lo profundo del bosque.

Primer acto

Narrador: Es un día templado de primavera. Dos niños juegan en la orilla del bosque. Juegan cerca de su hogar. Se llaman Hansel y Gretel.

Hansel: ¡Mira lo que he encontrado! ¿Ves? Son piedritas blancas. ¡Son tan chiquitas!

Gretel: ¡Qué bonitas! Mira como brillan bajo el sol.

Hansel: Llenaré los bolsillos. ¡Me las llevaré todas!

Narrador: Los niños oyen un grito. Viene desde la casa. Saben que es su madrastra. Está enojada.

Madrastra: ¡Somos demasiado pobres! ¡Tú eres demasiado perezoso! ¡Tus hijos son glotones! ¡Comen demasiado! No los podemos mantener.

Padre: ¿Qué dices?

Madrastra: ¡Échalos!

Padre: ¡No! Son mis hijos. Los quiero. Me necesitan.

Madrastra: ¡Si tú no lo haces, yo sí lo haré!

Padre: No te creo. No hablas en serio.

Narrador: Al día siguiente el padre sale a trabajar. La madrastra tiene un plan. Llama a Hansel y a Gretel.

Madrastra: ¡Niños! Síganme.

Hansel y Gretel: ¿A dónde?

Madrastra: Vamos a jugar. Buscaremos gorriones en el bosque.

Hansel: ¿De veras?

Gretel: Me encantan los gorriones.

Madrastra: Entonces, vamos. De prisa.

Gretel: ¿Qué haces, Hansel?

Hansel: No confío en ella. Voy a hacer un sendero con las piedritas.

Narrador: El sol cruza el cielo. El camino se hace muy largo. Los niños se cansan. Se paran para tomar una siesta. La madrastra se va a hurtadillas. Cuando se despiertan, están solos en el bosque.

Gretel: ¡Ay, Hansel! ¿Qué hacemos?

Hansel: ¿Ves las piedritas? Hice un sendero. ¡Sigámoslas a casa!

Narrador: Los niños siguen el sendero. Llegan a la casa.

Madrastra: ¡Allí están! Estaba tan preocupada.

Narrador: La madrastra miente. Se comporta como si hubiera sido un error.

Madrastra: ¡Los busqué por todos lados!

Padre: ¡Mis hijos! Tenía miedo. Creía que se habían perdido.

Narrador: Duermen bien esa noche. Creen que están seguros con su padre.

Segundo acto

Narrador: El día siguiente, el padre sale a trabajar. Pero la madrastra tiene un nuevo plan.

Padre: ¡Adiós! Los quiero. ¡Hasta pronto!

Madrastra: Vengan conmigo, niños. Vamos a buscar ranas en el bosque.

Hansel: No confío en ella, Gretel.

Gretel: ¡Yo tampoco!

Hansel: Tengo pan en el bolsillo. Dejaré migajas. Haré un sendero nuevo.

Gretel: Yo me aseguraré que no te vea.

Poema: Un pastel para el rey

Madrastra: ¡Dejen de hacer ese ruido! ¡Qué tontería de poema! ¿Por qué lo recitan?

Gretel: Estaba pensando en pasteles.

Hansel: Sí. Qué chistoso mezclar un pastel con piedras.

Gretel: ¡Y un pastel de mirlo!

Madrastra: ¡Qué tontería! Váyanse a jugar allá, bufones. Yo voy a recoger flores. Luego volveré.

Narrador: Los niños saben que es una mentira. Pero se sienten seguros. Seguirán las migajas de regreso a casa.

Gretel: ¿Hansel, que hacen esos pájaros?

Hansel: ¡Ay! ¡Se están comiendo las migajas!

Narrador: Es verdad. Los pájaros se comieron todas las migajas. Ya no tienen sendero los niños.

Hansel: ¿Qué hacemos? Ya oscurece. Tengo miedo.

Gretel: Tengo frío.

Hansel: Lo siento, Gretel. No pensé en los pájaros.

Gretel: No te preocupes. Podemos descansar mientras esté oscuro. Te cantaré. Te cantaré la canción que nos cantaba mamá.

Canción: Mar de azul

Narrador: Los niños duermen. Se despiertan con el sol. Se frotan los ojos. ¿Es verdad lo que ven?

Gretel: ¡Mira, Hansel! ¡Es una casa!

Hansel: ¡Una casa de dulce! ¡Veo galletas y pasteles!

Gretel: ¡Y árboles de dulce!

Narrador: Sí, es una casa de dulce. Pero los niños no saben quién vive adentro. Es una bruja. ¡Y le gusta comerse a los niños!

Gretel: Prueba el techo. ¡Es de azúcar!

Hansel: ¡Y la puerta es de chocolate!

Hansel y Gretel: ¡Qué delicioso!

Tercer acto

Narrador: De pronto se llenan. Hay muchas cosas deliciosas para comer. Pero de repente reciben una sorpresa. Se abre la puerta. ¡Es la bruja!

Bruja: ¡Ja! ¡Ya los tengo atrapados!

Hansel y Gretel: ¡Socorro!

Narrador: Intentan escaparse. Pero la bruja los agarra.

Bruja: A ti te pongo en una jaula.

Narrador: Le dice a Hansel.

Bruja: Y tú me harás todo el trabajo.

Narrador: Le dice a Gretel.

Hansel y Gretel: ¡Socorro! ¡Socorro!

Bruja: Nadie los escucha. ¡Te comeré, hijo! ¡Te engordaré y te comeré! ¡Dale comida!

Narrador: Le grita a Gretel. Pero la bruja no ve muy bien. Gretel le da comida a Hansel. Pero también le da un hueso de pollo. Todos los días la bruja va a ver si Hansel ha engordado. Hansel le da el hueso para que lo toque.

Bruja: Tú no estás muy gordo. ¡Dale más comida!

Narrador: Todos los días, la bruja inspecciona a Hansel. Un día ya no quiere esperar más.

Bruja: Haz un fuego en el horno, niña. Me lo comeré hoy.

Hansel: Tengo miedo.

Gretel: ¡No te preocupes! ¡Yo sé qué hacer! ¡Mira!

Narrador: Gretel se acerca a la bruja.

Gretel: No sé si el fuego esté lo suficientemente caliente. ¿Cómo lo puedo averiguar?

Bruja: ¡Tonta! Hazlo así.

Narrador: La bruja pone la cabeza adentro del horno. Rápidamente, Gretel empuja a la bruja y cierra la puerta. ¡La bruja está atrapada!

Bruja: ¡Socorro! ¡Socorro!

Gretel: Hansel, aquí está la llave. Voy a abrir la jaula.

Hansel: ¡Gracias! ¡Vámonos!

Gretel: Espera. ¿Ves esta caja de chocolate? Llevémosela a papá.

Narrador: Los niños corren por el bosque. Corren y corren. Por fin, encuentran su hogar.

Hansel y Gretel: ¡Papá!

Padre: ¡Niños! ¡Ya están en casa! Se fue su madrastra. Se fue al bosque. Quiere vivir con su hermana. La hermana tiene una casa. Está hecha de dulce.

Gretel: Hemos visto esa casa.

Hansel: ¡Allí vive una bruja!

Gretel: ¡A Hansel lo mantuvo en una jaula!

Hansel: Pero nos salvamos gracias a Gretel. ¡Y mira lo que te trajimos!

Narrador: Y así, abrieron la caja de chocolate. ¡Qué sorpresa! Estaba llena de oro.

Padre: ¡Qué niños más valientes! ¡Somos ricos! Ya podemos mudarnos muy lejos de aquí.

Hansel: Y vivir contentos…

Gretel: …para siempre.

Un pastel para el rey

Tradicional

Cuenta tus monedas,
porque este pastel es caro.
Mézclalo con piedras
y agrégale un pájaro.

El pastel nadie tocaba,
que ya endureció,
dentro el pájaro cantaba,
y así te entristeció.

El rey te agradeció,
por el pastel tan rico,
y la reina se lo mereció,
lo terminó todo y pico.

La doncella esperaba en el patio,
lavando la ropa fina,
cuando el mirlo liberado
voló sobre la tina.

Mar de azul

Tradicional

Mar de azul, la la la la,
Mar de azul.
¿Quién será rey? La la la la,
¡Vas a ser tú!

¿Quién lo dijo? La la la la.
¿Quién lo dijo?
Mi corazón, la la la la,
Me lo dijo.

Trae a todos, la la la la,
A trabajar.
Unos duro, la la la la,
A trabajar.

Rastrillarán, la la la la,
Cosecharán.
Mientras que, la la la la,
Dinero nos dan.

Mar de azul, la la la la,
Mar de azul.
¿Quién será rey? La la la la,
¡Vas a ser tú!

¿Quién lo dijo? La la la la,
¿Quién lo dijo?
Mi corazón, la la la la,
Me lo dijo.

Glosario

bosque—un área con muchos árboles

delicioso—que sabe muy rico

glotones—personas que quieren todo

hurtadillas—despacio y sin hacer mucho ruido

mirlo—un ave negra con pico grande